지붕을 연주하다

시와소금 시인선 · 132

지붕을 연주하다

전순복 시집

시와소금

❚ 전순복

· 1955년 부산광역시 출생.
· 2014년 《에세이문학》 수필 등단.
· 2015년 《시와소금》 시 등단.
· 인천문인협회 회원.
· 2021년 인천문화재단 창작지원금 수혜.
· 전자 주소 : jsb829@hanmail.net
· You Tube 주소/ 전순복 노래 검색.

그리하여, 그대와 나
한 그루 나무이기에
사람의 숲을 스쳐 가는
바람과 햇살 그 사이
잎 지고
잎 피는 페이지에서
우리가
만날 수 있다면

인천에서 늦여름
전순복

| 차례 |

| 시인의 말 |

제1부 뻐꾸기 소리 반 근, 봄이 기우뚱

제4부 무수한 별이 바람에 쓸려갔다

작품해설 | 문광영

제 **1** 부
뻐꾸기 소리 반 근,
봄이 기우뚱

압력솥

몸을 내어줄 때마다 번번이 소리를 질러대는
펑퍼짐한 엉덩이가 달아오르기 시작한다

칙칙!
절정을 치닫는 여자가 교성嬌聲을 쏟아낸다
포르테, 포르테!
포르티시모!
저러다가 뚜껑이 열릴 것 같다

옹골찬 강성이 말랑말랑해지는 그곳
발아되지 못한 싹들이 폭죽처럼 멸명하는
궁은 맹렬하다

치익, 치익
정적을 분무하는 신음소리가 서서히 잦아든다
물풀처럼 순해진 그것들이 혼곤히 가라앉는다
칭얼대던 여자가 잠잠해져
파편처럼 부서지던 침묵들이 제자리를 찾아간다

봄의 코스요리

먼저, 산수유 수프로 부드럽게 위를 달래주세요

목련 꽃잎 전煎이 나왔습니다
허겁지겁 삼키다 목에 걸릴 수 있으니까
천천히 삼켜주세요
이번에는
선홍빛 부위가 연하고 싱싱한
저희 대표 요리, 진달래 안심살입니다

이제 포만감이 든다고요?
겨우내 얼었던 몸이 녹작지근해졌다고요?
그럼 이제, 후식을 드실 차례네요
민들레 솜사탕을 먹을 때는
콧구멍에 홀씨가 들어가지 않게 조심조심
행여, 손님의 재채기 소리에 놀란 벚꽃팝콘이 설 튀겨질 수가
있거든요

마지막 후식으로

상큼한 향의 아카시아와 찔레꽃 아이스크림을 잡수셨다면
내년을 기약하겠습니다

호랑나비 저울

날개를 펼쳐 봄의 무게 재어 본다

아지랑이 반 근, 햇살 반 근
양쪽 날개의 균형이 맞다 이만하면 잘 익은 봄이다

숲이 향기로 말을 걸었을 때
날고 싶어
허물벗기를 거듭해도 하늘은 열리지 않고
정중동靜中動의 숲에서 화두 하나 들고
불안전한 허공에 운을 걸었다

예리한 화두로 등가죽 뚫어
허공에 첫발을 내딛는 날갯짓은
생生의 결구結句로 가는 문장

농익은 봄의 무게 가늠하는 수평의 날개
뻐꾸기 울음소리 반 근에
휘청,

산이 기우뚱 봄이 흔들린다
호접몽이 흔들렸다

상이傷痍비둘기

사는 게 전쟁이라고 쉽게 말하지 말게

대포 같은 자동차와
소총 같은 발길 무수한 격전지에서 살아가는
우리의 모습을 보게

바다, 그 꽃밭 위를 나는 갈매기가 거친 파도의 꽃을 따먹듯
바람보다 빨리 속도의 냄새를 맡고 재빠르게 피하는 몸짓은
치열한 전쟁터를 누빈 자의 노련함이지

인생이 밑바닥이라고 함부로 말하지 말게

비록, 한쪽 발을 잃고 불가촉천민처럼 살아가지만
날마다 일용할 양식을 주심에 감사하며 머리 조아리는 내 모
습을 보게

도시의 구토를 처리하는 우리가 비대해진 것은
그대들의 평화가 풍요롭다는 뜻이 아니겠는가

벌레의 집은 아늑하지 못하다

구청 앞 둥근 화분에
고깔 모양 이엉이 씌워졌다

추위를 피한 벌레들이
제집이라고, 제 살 곳이라고
기어들었다

봄이 오는 줄도 모르고
아니, 짚더미가 우주인 그들에게
봄은 이미 와 있었기에

—추위를 피해 아파트 주차장으로 내려갔던 노숙인이 차량에
치여 숨졌는데 160센티에 마른 체구의 노숙인은 뒤통수 왼편이
함몰되어 있었다 경찰이 CCTV를 확인한 결과 노숙인이 발견될
때까지 지하주차장으로 내려간 차는 모두 4대이며 모든 차량의
타이어에 혈흔이 묻어 있었다고 한다—

벌레의 집은 아늑하지 못하다

실마리

쌀 포대를 뜯을 때마다
실밥을 제대로 풀어본 적이 없다

굳게 다문 그의 꼬투리
숨겨놓은 실마리를 찾는다면
단번에 매듭을 풀 수 있을 텐데

마음의 물꼬를 튼다는 일
결코 쉽지 않듯

매듭 푸는 법을 터득 못 해
가위로 잘라버린 인연들이 많다

좋은 패

어머니 아무 걱정하지 마세요
오빠 오라는 회사 여기저기 많아요
단지 고르고 있을 뿐이니까 걱정하시면 안 돼요

아셨죠?
절대로 걱정하시면 안 돼요

지 서방, 방풍막 해 준답시고
다그치듯
절대로 걱정하면 안 된단다

시집온 지 삼 년
언제부터 저거가 한패라고

언제부터 저거들이 한패 묶었다고

하이힐

십 센티 굽 위에서 바라보는 세상은 보랏빛
또각또각 소리는 자존심이죠

아직은 세상에 허리를 굽히지 않겠다는 뾰족한 콧대
미지를 향한 당당한 발걸음이구요

또각또각, 인생 하나를 짊어지고 가는
까치발처럼 날렵한 고것이
나름, 진창과 웅덩이를 피한다고 하지만
숨겨진 틈새를 어떻게 알겠어요

허방은 예고 없이 찾아오니까요

굽을 물고 놓지 않는 보도블록과 어정쩡한 자세로 실랑이를
할 때면
그녀의 자존심은 단화가 되어버리고
이젠 구두굽을 좀 더 낮춰야겠다며 숨겨진 덫에 대해 생각하
게 되죠

희망과 절망의 능선을 걸어온 구두 굽은

비대칭으로 불안정하지만

닳아버린 희망이야 다시 높이면 되는 법

하이힐 엉덩이를 받치고 앞 뒤태를 감상하는 수제 구둣방 사
장님 희망은

항상 날렵할 것 같아요

자벌레

라싸를 향하는 오체투지 순례자
고행의 길이 녹록지 않다

우듬지에서 길을 잃을 때면 허공을 가늠하며
때론 동同색으로
때론 죽은 듯이 정진하지만
제 키보다 긴 보폭을 시도했던 실패의 시간도 있었겠지

온몸으로
나무의 경전을 읽던 순례자

온전한 날개를 얻었을까

북어

미처, 들숨을 마무리 못 한 채
커다랗게 열려있는 입과 놀란 눈
흑진주처럼 명明하던 태太의 눈에 찌부러진 바다가 말라 있다

최초의 이름을 잃고 낯선 이름을 얻기까지
얼마나 많은 슬픔을 흘려보냈을까
저렇게 물기가 없어지도록
수많은 바람의 독설이 스쳐갔겠지

눈물이 없는 그녀 독하다고 하지만
눈물을 탕진한 그녀 스쳐간 바람의 속성을 가늠해본다

영정 사진을 바라보는 건조한 눈망울에
오래전 잃어버린 바다가 차오른다

지붕을 연주하다

음표들이 내려오기 시작했다
조율되지 않은 현악기가 불협화음으로 흐른다

루핑쪼가리와 판자로 덮은 지붕 사이를 뚫고
안단테로 내려오던 음표들이 포르테로 퍼붓기 시작하면
크고 작은 그릇들이 놓여진다

비가 더욱 거세지고
독주곡과 실내악이 제각각 방안 가득 어우러지면
지붕에 올라간 아버지가 지휘봉을 딱딱 두드리며
이제 어떻노?
소리쳐 물어보고
머리에 수건을 쓴 어머니가 안팎을 들락거리며
아니라예!
이제 됐네요!
지붕을 향해 대답하고
이 학기 음악책을 넘기며 노래를 부르던 언니와 나는
음표가 가득 찬 양동이를 수챗가로 들고갔다

온몸에 비를 맞으며 선율을 조절하던 아버지가
이제 어떻노?
다시 묻고
음표를 잔뜩 덮어쓴 어머니가
이제 됐네예!
도돌이표로 대답하면

아버지의 시휘봉에 서서히 연주가 멈추던
내 나이, 초여름의 소나타

사탕과 사랑 사이

알록달록 치장을 유혹이라 말하겠어요
누군가 당신을 까서 그의 입속으로 녹아드는 희망 말이에요

민낯을 보이면 깨지거나 붙어버리는 사탕
제 나름의 껍데기로 치장하고 기다리죠

오랫동안 방치된 사탕은 엉뚱한 곳에 외로움을 풀어내기도
하지만
어쩔 수 없죠
밀봉된 사탕에게 그곳이 유일한 세상이니까요

사탕은
그를 감싼 포장이 열리기까지 그냥 수많은 사탕이지만
누군가에게 한 알로 스며드는 순간 비로소 제 매력을 풀어내
죠

사탕이 사랑이 되는 순간 말이에요

사탕과 사랑을 부를 때 혀가 발랄해지는 것은
단맛을 예감한 가슴이 마중물이 되기 때문이죠

오랜 시간 기다리던 사탕은
와자작 깨무는 것보다 당신의 혀끝에서 서서히 녹기를 원해요
불멸의 사랑은 아니지만 천천히 음미하는 시간을 원하죠

알록달록 사랑을 몇 개나 먹어보셨나요
혹시 굴리다 내뱉은 사탕은 없나요
함부로 뱉었던 사랑이 옷이나 머리카락에 달라붙어 곤란했던
적은 없었나요
단맛을 사탕이라고 이름 지은 최초의 사람은
오미五味의 사랑을 겪어본 적 없는 단순한 사람이었을 거에요

사탕과 사랑은 유통기한이 없지만
당신을 사탕이라고 부르는 사람을 조심하세요

통영 누비

통영에서는
사람도, 바다도 누비질을 한다

해 물레가 자아낸 금사로 야물딱야물딱 박음질하는 바다
햇솜 같은 날개의 갈매기들이 실밥을 물어 올리며 아침을 연다

한낮이면, 은색 실로 갈아 끼운 바다가
얇은 갯바람을 넣어 누비질 한다
일없는 바람이 성근 부리로 실을 물고 당기지만
촘촘한 통영 바다는 한 척의 배도 빠뜨리지 않는다

달달달, 하루를 꿰매가던 사람들이
솜처럼 따뜻한 집으로 돌아가 촘촘한 웃음을 누비는 시간이면
바다는
달 물레가 자아낸 금사로 야물딱야물딱 수를 놓는다

현무玄武가 솟아오르고
주작朱雀이 금빛 날개를 흔들며 달 속으로 사라진다

보풀 하나 안 일어나는 야문 달빛

통영에서는
사람도 바다도 누비를 만든다

연뿌리

마디와 마디가 기氣싸움 하는 진흙밭 쇠스랑을 바투 잡은 사
내가 용을 쓴다
　모태를 벗어나지 않으려는 뿌리도 용을 쓴다
흙은 뿌리의 편이라 제 안의 그것들을 쉽게 내어주지 않는다

　사방 짱짱한 수렁에서
　한 생각을 모아 마디로 갈무리. 또 한 생각을 마디로 단도리
하여 처염상정處染常淨* 설파한 뿌리들의 내공은 만만치 않다

　팔뚝이 빠질 듯 용쓰던 사내 앞에 채움과 비움으로 길을 만
들어가던 생각의 갈래들이 아무렇게나 쌓인다

　어둠을 조리질하며 길을 만들던 고고孤高한 그가 드디어 빛을
본다

* 처염상정處染常淨 : 진흙탕 속에서 피어나지만 결코 더러운 흙탕물이 묻지 않는 연꽃을 상징.

032

숫돌

네가 다녀갈 때마다
내 가슴이 패이더라도
첫사랑처럼
숫 마음 버리지 못하는 천성을 어쩌겠어

그저 조용히
너를 안아주는 것이
내 사랑법인 걸

네가 나를 거쳐 간 후
시퍼렇게 날 선 심장으로
옳고 그름을 재단할 수 있다면
내 상처쯤이야 무슨 상관있겠어

우산의 이별 방식

그때 우리가 놓친 손은 날씨 때문이었죠
그래요, 당신과 나
누구의 잘못도 아닌 날씨 탓이라 기억할래요

아무리 밀착해도 둘 중 누군가는 한쪽이 젖었던 빗속에서
내 오른쪽 어깨가 젖었을까요
당신의 왼쪽 어깨가 젖었을까요

촉수 낮은 전봇대 아래
강풍에 뒤집힌 우산을 버리고 돌아오던
내 어깨는 흠뻑 젖었고
오랜 시간 당신의 부재가 절실했지만
우리가 헤어진 이유는 그날의 날씨 탓이었다고 믿을래요

우산에도 트라우마가 있을까요
세찬 바람에 뒤집힌 이력을 지닌 우산은
작은 바람에도 뒤집혀버리네요

그날 당신과 나의 기상 그래프는
아마 빨간색이었을 거에요

참말로 먹물

명문 대학에서 먹물로 밥벌이하는 교수님
조선인 노동자와 위안부는 전부 거짓말이라며 아직 먹물도
덜 채워진 학생들에게 인증 마크 없는 먹물을 주입했다는데

경상남도 의령군 정곡면에서 태어난 우리 엄마

남의 동네에 쳐들어온 나막신이, 흰옷 입지 말라고 먹물을 확
뿌리며 칼집을 철컥거렸던
남의 집에 쳐들어온 그 도적이
당당하게 사립문을 밀고 들어와서는 태평양 전쟁에 처녀 공
출한다며 댕기 머리 처녀들을 끌고 가는 바람에, 달거리도 안
찾아온 열다섯 살에 시집왔다지

징용 간 큰아버지 생사를 찾아 일본으로 갔다는 열일곱 살
우리 아버지

어렵게 찾아간 외딴 산막에서 큰아버지를 만나고 돌아오다
순사에게 붙잡혀 뒤로 손이 묶인 채 굽이굽이 산길을 내려왔다

는, 평생 고지식했던 아버지가 똥을 핑계로 탈출했다지

　나무 아래 똥을 싸는 척하다 순사 두 놈이 담배 피우는 사이 줄행랑쳐 관부연락선關釜連絡船을 타고 돌아온 무용담을 들었는데

　1950년대 태어난 먹물의 말이 참말인지, 1923년생 엄마 아버지 말이 참말인지

　참말로, 참말로

풍장

펄떡펄떡, 아가미를 들썩이던 생태生太가
북어로 변하기까지
바람은 얼마나 배가 불렀을까

다세대 주택 옥탑방
스스로 목에 밧줄을 꿰어
수년 동안 매달려있던 남자가 드디어 바닥으로 내려왔다

하이에나 떼 같은 적막이 남자의 살을 다 발라먹어
가벼워진 뼈가 밧줄을 통과했기 때문이다

보일러실 창문으로 들어온 바람이 남자를 핥아먹을 동안
유일하게 그의 안부를 살피던
밤과 낮이 다녀간 지 오년 째

떠날 때를 놓쳤던 남자가 드디어 안식을 찾았다고
9시 뉴스가 부음을 알려준다

제 2 부

바람의 계산법

계단 두 개

아기가 폴짝 뛰어내린다
무릎을 구부렸다 폈다, 망설이다가

아기에게 두 개의 계단은 도전
바닥에 닿는 순간, 한 페이지를 넘겼다는 자부심이 가득하다

뒤집기를 성공했을 때
스스로 앉게 되었을 때
걸음마를 시작할 때마다 아기는 한 뼘씩 자랐겠지

노인이 두 개의 계단 앞에서 망설인다
지팡이를 짚은 손이 떨린다

행幸과 불행不幸의 계단을 숱하게 오르내렸던 무릎이
노인의 통제를 벗어났기 때문이다

헛되이 용을 써보지만 계단은 요지부동
노인의 키가 또 한 뼘 줄어들겠다

경계의 문턱

예측할 수 없는 시간은 생생한 정물이 된다

냉동 조기 입속에 꼬리만 걸려있는 작은 물고기
그물에 걸려든 순간
기어코 삼키려 했던 조기의 밥이다

경계에 걸려있는 저 물고기
가늠할 수 없는 허공이 얼마나 무서웠을까

토벌대에 밀려 지리산 골짝 깊숙이 들어간 빨치산들
산속에서 밥을 지어 먹는 순간
입에 들어간 밥을 미처 삼키지 못한 채 총에 맞았다지

지나가던 빨치산 무리가 죽은 사내 입에서 얼음 밥을 꺼내
제 입속으로 옮겨갈 동안
오도 가도 못한 밥은 얼마나 두려웠을까

그때, 철쭉보다 붉은 피를 배 터지도록 먹었던 지리산은

지금도 붉은 꽃을 뭉텅뭉텅 쏟아내고 있다는데

인간이 만든 잣대는 일정하지 않아 때론
뚜렷한 선보다 모호한 경계가 최선이 되는 수가 많다

랜덤 베개

베개에 머리가 올라타면
베개는 어디론가 나를 싣고 떠나죠

시동이 늦게 걸리는 날이면
아이구 이놈의 베개야 도대체 언제 떠날 거니 어디에 내려놓
든 일단 떠나 보자고
재촉을 하죠

하지만, 시동을 재촉할수록 잠의 문은 더 견고해져
부스럭부스럭 뒤척이던 베개는
점점 맑은 소리를 내더니 나를 메밀밭으로 데려가죠

하긴, 달빛과 열애하던 하얀 메밀꽃에게
잠의 나라로 데려가기를 부탁하다니…

섶다리를 건너 메밀꽃만큼 많은 사람이
메밀밭 사이에 몸을 밀어 넣고 웃음을 찍고 있어요
허 생원 당나귀 방울 소리에 잠은 자꾸 흩어지고

베개는 산허리 메밀밭에 갇혀 날아가지 못하고
이렇게 화안한 꽃 속에서 꿈의 랜덤으로 떠나는 일은 불가능
할 것 같아요

아무래도
메일밭 한 평이 들어있는 저 베개를 바꿔야 할까 봐요

모래, 풍경을 낳다

모래 속에 숨겨진 풍경은 모래알만큼 많다

1400도℃ 용해로 앞에서
타올 터번을 쓰고 모래를 녹이는 사람들, 돌에서 부처를 찾
아내듯
암모나이트의 뿔과 앵무조개의 부리, 낙타 발톱 등을 골라
내어
모래 속에 감춰진 풍경을 찾아낸다

저토록 투명한 투시가 되기 위해
열정과 냉정을 반복하던 모래 속에는
모닥불 연기 오라기에 별을 꿰어 목걸이를 만들던
연금술사의 굽은 손가락과 낙타 등에 숨겨진 나침반도 들어
있을 것이다

터널처럼 등뼈를 구부린 바다가 제 뱃속을 보여주는 아쿠아
리움
사막 속에 들어있던 풍경이 부유한다

별자리를 찾는 카라반처럼 아쿠아리움 천정을 올려다보는 사
람들
잠시 시공時空을 잊는다
물고기들이 아래위 몸을 뒤집으며 이방인들을 구경한다
단절과 투시가 한 몸이 되는 유리 벽 사이에 호기심이 흐른다

기념품 가게로 향하는 사람들
알록달록한 풍경들이 발길을 끌어당긴다

흘깃 거울을 본다
모래가 나를 꺼내놓는다

편집되는 시간

미모를 오래 유지하려면 웃음을 참아야지요

빛을 차단하고 온도가 내려가면 폭소를 멈출 수 있다는데
그래도 끝내 웃어버린 꽃들은 거꾸로 매달아 미라를 만들
지요
꽃의 감정?
그딴 것은 읽지 말아야지요

─닭의 수명은 최장 30년이라는데 식용 닭은 50일 밖에 살지
못해요
원래, 땅을 헤집고 모래를 먹으면서 푸드득거리며 뛰어다니는
것이 닭의 습성인데 현재 사육되고 있는 대부분의 닭들은 케이
지 안에서 살지요
한 칸이 25센티 정도 되는 케이지에는 두 마리가 들어가지요

스트레스 때문에 옆의 닭을 쪼을 수도 있으니까 병아리 때 아
예 부리 끝을 잘라버리구요
끼니때마다 호르몬제와 신경안정제, 성장촉진제를 먹이면서

24시간 백열구를 켜놓고 닭의 시간을 편집하지요

자연사?
그딴 것은 허락되지 않아요
느림과 쾌속의 맞춤 속도만 있을 뿐이지요

무거운 빈집

절뚝, 절뚝
달팽이가 제 키보다 높은 등짐을 지고 간다

양쪽 겨드랑이에 목발을 끼운 채
그렇고 그런 시간을 짊어진 채 빙판길을 가늠하는
민달팽이가 안 되려 기어코 지고 가는 낡은 집에는
압축된 그의 삶이 들어있다

한 사내의 일생이 겨우, 배낭 하나에 담겨있는 것이다

사내에게 이 빌딩 숲은 달팽이의 청각 같은 곳
오늘 밤은 도시 어느 갈피에 잠을 내려놓을지

절뚝, 절뚝
집을 짊어진
사내가 지나간 길이 달팽이의 궤적처럼 구불구불하다

마지막 호출

부고를 받은 구름들이 장례식장으로 모여든다

커다란 먹구름과 작은 구름 조각들
천둥을 동반한 작달비와
안개비와 여우비가 인연의 정량만큼 비를 쏟고 간다

식당은 환하고 양은 쟁반들은 분주하다
부활한 수저가 육개장과 돼지머리 편육을 나른다

생전의 에피소드에 눈시울을 붉히는 술잔도 있지만
망인ㄷㅅ의 뒷담화는 항상 훈훈하다

할 일 없는 나는
옹기종기 앉아있는 저들의 신발 개수나 헤아리고 있을 뿐

보고 싶은 사람들 같은 자리에 모으는 기회, 젠장
액자 속에 갇혔을 때만 가능하다니

고물고물

저 노인은 꾸물대는 것이 아니고
고물고물 살아내는 것

팔십 년 넘게 사용한 시간이 너무 닳아버려
자투리 시간을 아껴 쓰려는 몸짓이다

과식한 리어카를 끌고 가는 노인의 등이 굽은 것은
바람에게 덜 맞서려는 지혜

성미 급한 신호등의 눈총을 받으며 고물고물, 건널목을 지나
는 몸짓은
잔고가 넉넉하지 않은 시간을 아끼려는 심사
바람의 계산법을 알 수 없기 때문이다

깡깡이 아지매

모처럼 육지에 찾아온 배가 건강검진을 받는다

허공을 물고 있는 발판에 매달린 아지매
깡깡망치로 먼 바다, 낯선 때를 벗겨낸다

꿈속까지 따라온 깡, 깡 소리에 귀를 깨물리고
바닷바람에 부식되어 고철이 되어버린 깡깡이 아지매

고막을 먹어버린 깡깡망치를 들고
벌겋게 슬어있는 녹과 홍합, 해초를 벗겨낸다

가난을 두드리고 한을 부수듯

깡깡!
떨어져라

깡깡!
벗겨져라

냄새

부패한 사랑은 냄새가 먼저 알리죠

권태의 쉬파리가 생겨나는 것은
사랑이 생물이라는 것을 잊어버렸기 때문

어느 날 그의 겨드랑이 냄새가 훅 날아올 때
45도 각도 날렵한 콧날이 빈궁貧窮의 과녁으로 변하고
콧수염 때문에 선택한 사랑이, 콧수염 때문에 언쟁이 되면
사랑이 부패되고 있다는 증거겠지요

백화점에 진열된 향기는 친화적인 첫인상
유혹의 페르몬으로 손님을 맞이하죠
구린내를 감추기 위한 향수가 사랑의 묘약이 되었으니까요

악취를 밥으로 보상받는 아내는 남자를 위해 후각을 버렸을
까요
사랑은 오감이 닮아가니까요

늙은 개를 끌어안고 입맞춤하는 늙수그레한 그녀, 아직
사랑이 싱싱할 것 같아요

대관식을 위하여

선운사에서 도솔암 올라가는 길목
제초작업이 한창이다

일주일 후
상사화 꽃대가 올라오니
초록을 없애야 붉은 왕관이 돋보인단다

얼떨결에 상사화 주변에 있던 민초들
댕강 잘리지 않으려면 엉덩이라도 들썩거리든지
납작 엎드려 있을 일이다

―오메 놀란 것!
시방 잠시 엎둘고 있지만 이런다고 내가
쉽게 데져 불 것 같어?

졸지에 봉변당한 잡초들
땅속 깊이 뿌리를 밀어 넣으며 씨부렁대는 숲은
시방 겁나 바쁘다

겹겹 목련꽃

버들강아지가 외투를 벗을 무렵 금빛 더블 단추에 목깃이 올라온 검정 교복과 금테 모자의
해양고등학교 학생을 처음 만났지요
우연히 골목에서 마주친 남학생의 금 단추에 며칠 가슴이 아리더니 조그만 목련꽃 봉오리가 생겼어요
한 번만 더 마주쳤으면
기다리는 동안 봉오리는 점점 부풀어 올랐지요

쉴 새 없이 콩콩 뛰는 가슴을 가둬야했어요
언니의 브라를 살짝 걸쳐봤는데
에계계! 목련꽃망울 놀림에 자목련 얼굴이 되었지요

세 번의 짝사랑을 하는 동안 수시로 콩콩 뛰던 가슴에 브라는 갑옷이 되었지만 갑옷의 치수가 커질수록 심장 뛰는 소리도 잦아들었어요
이제 봄날도 지나 목련 꽃잎처럼 훌훌 브라를 벗어도 되지만
뿌리부터 타고난 꽃의 속성을 어쩌겠어요

오점

노인이 남긴 편지 내용은 그의 세간살이처럼 간략했다

높은 어깨에 까치둥지를 얹고 있는 아카시나무
올봄, 출산이 임박했던 박새에게 한 켠을 내주고
팝콘 같은 꽃을 피우곤 했는데
이승의 문턱 너머로 가버린 노인이 지렛대로 사용했던
그의 튼튼한 팔이 오늘처럼 부끄러운 적이 없다

느낌표로 매달린 노인을 들고 있던 아카시나무
날이 밝아올 때까지 얼마나 두려웠는지
얼마 남지 않은 잎사귀를 다 떨구어버렸다

어둠의 잔상殘像을 지워버린 앰뷸런스 소리에
새들이 숨죽인 그 새벽

노인이 마지막으로 남긴 오점은
아카시나무 최초의 오점이 찍힌 사건이 되었다

줄줄이 순대

맹렬한 도시의 창자는 색깔도 모양도 다양한 재료들로 속을
채우는데 주로 아침이나 저녁에 생산되는 제품이 더 빵빵한데
날이 갈수록 순대 공장은 번성하는데

수도권에는 1호점에서 9호점 외에 나날이 체인점이 늘어나는
데 출근 시간 푸시맨이 밀어 넣은 순대 옆구리가 터진 일은 없는
데 간혹 순대 공장을 생의 도중하차 출구로 사용하는 사람들
때문에 레일 사이 유리 칸막이를 설치했는데 내용물이 비치는
칸막이에 새겨진 짧은 시는 음울한 지하에서 약수藥水가 되기도
하는데
　하루 종일 순대를 만드는 맹렬한 도시의 창자는 어느새 시간
의 반열에 올라 도시를 지배하고 있는데
　오늘도 순대 속 재료가 되기 위해 지하철로 향하는 허약한 그
늘의 어깨가 당당하다

나무의 열반

선운산 도솔암兜率庵
나한전羅漢殿 지키던 고목들

제대성중諸大聖衆, 제대성중, 염불하다 도솔천에 들어
등신불로 계시더니
첫눈 오는 날 떠나간다

"스님, 이제 빈 육신을 모셔갑니다!"
강철 집게가 노승의 몸뚱이를 단단히 움켜쥐고
전기톱으로 사바娑婆의 인연을 자른다

반야선 같은 트럭 위 무수히 내려앉는 하얀 나비
나무들이 일제히 흰빛 만장기를 들어
순식간에 도솔산이 굴건屈巾을 쓴다

도솔산을 뒤덮는 저 겨울 나비
사바의 인연처럼 금세 스러질 것이다

이질적인 호흡

슬픔의 흘수선은 여기까지라고.
마스크가 감정을 다스린다

생명을 수유하는 마스크와
울컥 올라오는 슬픔을 다시 밀어 넣은 마스크가 마주하는 병실

증식된 불안이 수초처럼 흔들리는 공기 속에서
평온한 것은, 저 투명 산소마스크뿐

마스크와 마스크 사이
꽃과 별의 간극처럼
생사한계선의 강이 넓어지고 있다

앵티미스트 intimiste*

그가 돌아왔다

공중에서 바닥으로 설치한 그의 작품 배경은 올해도 갈색

노란색과 붉은색은
그가 작품에서 가장 드러내는 주제다

한두 번쯤 갈색 바람이 불어오면
작품은 더욱 선명해져
누군가 작품에 들어가 포즈를 취하거나 눈물을 흘리기도 한다

서너 번쯤 바람이 더 불어오고
공들인 작품들이 바람보다 빨리 드러누우면
짧은 전시회를 끝낸 가을이
성큼성큼 그림 속으로 사라진다

* 앵티미스트(intimiste) : 일상생활에서 흔히 대할 수 있는 정경이나 사물을 작품의 소재로 하는 작가나
화가.

자본주의 부품

눈 쌓인 막창구이 가게 앞
여름 슬리퍼 한 짝이 엎어져 있다

미처 주인을 따라가지 못한 암청색 슬리퍼가
퀭한 입으로 그가 놓친 발의 사연을 들려준다

외짝 신발처럼 엎어져 있는 반지하 빌라
구겨진 라면 봉지와 빈 소주병
오랫동안 외출하지 못한 구두

부품이 되려 쫓아다녔지만
헐거워진 자신을 탓하다, 좁아진 사회를 원망하다
좌절의 먼지만 쌓여가는
마모된 볼트 같은, 구형 너트 같은 사내
저 버려진 외짝 슬리퍼처럼 폐품이 되어가고 있다고

제 **3** 부
이음매 없는 삶이
어디 있으랴

물집

출구를 찾지 못한 통증이
저, 물의 집에 갇혀
제 속의 상처를 보여주려 살 위에 집을 짓는다

헛된 열정이 지은
둥근 물의 집

바늘에 실을 꿰어 물집 사이를 통과하면 아픔을 터뜨릴 수 있지

순식간에 피어올랐던 열꽃 잠자리 날개처럼 너무 투명해
나아갈 수도 숨을 수도 없었던
너와 나의 물집

사랑도 그렇게
찰나로 아물 수 있다면

골목

술에 먹힌 젊은이가 두 다리 뻗고 앉아
—어머니 아버지 왜 나를 낳으셨나요, 한도 많은 세상길에 눈
물만 흐릅니다
노래와 통곡이 버무려지던 길

대보름날이면
깡통에 불을 넣어 돌리는 아이들이 반딧불처럼 날아다니던 길

용케 집을 찾아왔으나 골목 입구에서 쓰러진
아무개 아비를 발견한 아무개 어미가
—저기 아무개 아비가 쓰러져 있네 알려주어
치마폭에 한숨을 닦은 어미가 큰 자식을 데리고 내려가
술에 먹힌 아비가
양 날개에 식솔을 걸치고 비척비척 올라오면
쌀독보다 그득한 별을 거느린 눈 밝은 달이 빙그레 웃어주던 길

가난을 등에 진 남자들의 헛기침 소리와
고물장수, 엿장수 찹쌀떡 메밀묵 장수들이 머리에 어깨에

가난의 방물을 지고 흘러가던 길

숨 가쁘게 먹이 물어 나르던 어머니 돌아가신 이듬해
소방도로에 입적되어 사리 하나 남기지 않은 길

미크로 코스모스 micro cosmos

어머니는 우주였다
일곱 개의 행성을 만든 우주는 가난하고 병약한 미립자였다
하지만
그 암흑의 미궁 속에서도
원심력이 강한 어머니는 한 개의 별도 놓치지 않았는데
만약 어머니가 빅뱅을 했더라면
우리들은 블랙홀에 빨려 들어가
캄캄한 우주 어디쯤 먼지로 떠돌아다녔을 것이다

그런데 지금도 궁금한 것은
빛 한줄기 안 보이는 그, 궁핍의 소용돌이 속에서
어떻게, 일곱 개의 별을 데리고 사진관에 갈 생각을 했는지

스물셋 큰아들과 세 살 막내까지 두 줄로 세워놓고
보시기 좋았던 어머니
일곱 개의 별이 박혀있는 사진을 들고 오면서 얼마나 흐뭇했
을까

누렇게 바랜 흑백사진을 보다가
내가 우주가 되어있다는 사실에 깜짝 놀랐다

자반고등어

짠맛은
생生의 간을 맞추는 일

단단해지려면
창새기 따위 버려야 한다며

서류철 집어 던지는 상사에게 구십도 고개 숙이며
지금은 숙성의 시간이라고…
자신을 다독였다는

돌아누운 남편의 지느러미에
가슴을 밀어 넣는
아내의 등이 싱싱하다

갑 티슈

티슈를 뽑을 때마다
내 남은 생이 뽑혀 나오는 것 같다
한 장을 꺼내면 맞물려 나오는
오늘과 내일

누군가 자꾸 나를 한 장씩 뽑아 써버려
차곡차곡 쌓여있던 시간이 어느새 얇아져 있다

얼마나 남았을까
남은 시간을 짐작해 본다

맷돌

한 뼘 남짓 나무가 제 몸보다 무거운 돌을 움직이는 일은 참
으로 어처구니없는 짓

부드럽게 돌아가지는 않았으나 사십 년 세월 콩도 낳고 팥도
낳을 동안 돌보다 빨리 낡은 것은 어처구니였다

계모의 학대에, 중학교 중퇴 후 집을 나와 자동차 정비소에
겨우 자리 잡은 거친 돌과
덜 여문 나무가 한 속이 되는 것
참, 어처구니없는 일이어서 그녀, 걸핏하면 몸에 멍이 들었다

근데 그보다 더 어처구니없는 일은 스무 살 나이에 생가지로
꺾여왔던, 남편보다 여덟 살이나 젊은 그녀가 먼저 부러졌다는
사실이다

어처구니가 빠진 자리
심장 한쪽에 바람이 들어오는 것 같다는 남자도 일년 후 아내
를 따라가 버렸는데

한 뼘 나무가 무거운 돌을 움직이는 일
참 어처구니없는 일이었지

콜라텍의 열대어

뽕짝 리듬이 수초처럼 흔들리는 수족관
구피, 블랙엔젤, 스마트라, 네온테드라들이 유영하며
비늘에 쌓인 찌꺼기를 털어낸다

가끔, 수초 사이 숨은 키싱구라미들이
은근히 밀착하기도 하는
이곳은 양수처럼 안온하고 따스하다

부르스 리듬에 나붓나붓 흔들리던 물결이
지루박 너울에 출렁거린다

난 부유浮遊하는 것이 아니야 단지 바다를 기억하고 싶을 뿐
이야
나트륨이 함유된 양수 속을 헤엄치던 기억과
코끼리 조개들이 모래바닥을 기어가던 스적임을 다시 떠 올리
고 싶기 때문이지
아니, 앵무조개가 마지막으로 간직하려 했던 바다가 불어주
는 호른소리를 듣고 싶은 것이지

제전을 거행하는 수피댄스 열대어들이
빙글빙글, 뱅글뱅글 돌아가는
이, 이,
이… 고 오 슨
코, 코…
콜라, 텍

폐경기

한 달에 한 번
바다가 마법을 부리는 날이면 둥근 달이 솟아올라요

바다가 키운 달이 여자의 궁에서 빠져나가는 동안 여자의 머
리카락은 삼단처럼 풍성해지고 입술은 홍옥처럼 익어가지요

달은 너무 완벽해서 예민하지만
비릿한 갯내음을 감지한 남자들은 궁전 근처를 배회하며 성
벽에 오르기를 시도하지요

이지러졌다 가득 차는 것은 양수의 속성
초승달에서 그믐달까지
여자의 변신은 염도를 유지하기 위해서죠

수없이 뜨고 지던 달이 지쳐 여자의 바다가 서서히 말라갈 무
렵이면 달의 주기를 놓친 궁에 혼란이 일어나요

그러다 달이 아예 사라지면 성전 여기저기 균열이 일어나기도

하지요 이럴 때

　눈치 없이 성벽을 흔들거나 배회하면 된서리를 맞게 되죠

무명실꾸리

바늘에 무명실을 꿴다
어머니 단단하게 감아둔 세월을 풀어낸다

타래에 실을 감을 때는 위아래로 감아야 단단하단다
풀려나오는 어머니 말씀

매듭 끊고 싶었던 날 수없이 많았지만
누군가 실패에 감아둔 내 팔자, 허투루 감지 않았을 터
끊어진 실마디 손바닥으로 살살 엮어 감듯
이음매 없는 삶이 어디 있으랴

위아래 8자로 감긴
간단間斷없이 이어지는 어머니 지혜를 풀어낸다

저 무명실 다 풀려나오면
어머니 말아주신 신문지 실패 드러나고
수십 년만에 어머니 손 잡을 수 있겠다

비등점沸騰點

가뭄이 물의 살을 발라낸 작은 웅덩이
가랑잎 같은 물고기가 비를 기다리고 있어요

에베레스트산에는 물이 끓는 온도가 71℃
우주에서는 20℃에서 끓는다는데
희박하거나 절박한 것들의 간절함이겠죠

71℃에서 물이 끓는 에베레스트산보다
20℃에서 끓어오르는 우주보다 더 낮은 온도에도
확 달아오를 것 같은
우리의 비등점은 몇 ℃일까요

불경기의 패션

골목 상가는 변덕이 심하다

커피를 끓이다가 떡을 만들고
반찬을 만들다 빵을 만들고
목 없는 닭이, 결가부좌 땀 흘리며 수행하다 사라진다

싸구려 신발에 속옷 차림의 뽕짝이
요란하게 옷자락을 당기지만
그렇고 그런 추파에 시큰둥한 눈총만 받을 뿐
숱한 바람이 다녀가는 이곳에서
유일하게 패션을 바꾸지 않은 가게는 간판집뿐이다

월세와 인건비를 삼등분하면 자신의 몫이 가장 적다는 칼국
수집도
결국 백기를 들어버린
희망의 잔고마저 탕진하고 떠나는 저 골목
언제까지 뒷모습만 보일 것인지

양말

그는 비무장지대
발과 신발의 분쟁을 가로막는 온溫의 유전자를 지녔다

틈만 나면 일어나는
엄지의 반란은 그의 고질적인 천적

오늘도 엄지발가락 부분에 구멍이 보이기 시작한다
내분內紛의 조짐이 고개를 든다

현관에 하루를 벗어둔 남자가
건넌방으로 들어가 어머니의 한숨을 꿰맨 후 다시
안방으로 들어와 아내의 허리를 감싸 안으며
비무장지대를 만든다

숨결이 떠난 풍경

장독대 정화수에 수많은 새벽별이 다녀갈 동안
열아홉 살 흑단 같던 머리카락이 백로가 되어버린 노인

할미꽃 같은 허리로 앞뒤 남새밭을 다니고
항아리 뚜껑을 여닫으며 햇빛을 그러모을 동안
우물과 아궁이의 가슴도 일렁거렸다

노인의 기척에 귀를 세운 것들이
일어서고 찰랑대고 넘실거릴 때
여기저기 관절통을 앓는 초가도 달그락달그락 몸을 움직였다

봄이 고치를 열고 태어날 무렵
수수깡처럼 가벼운 노인이 초가에서 빠져나오자
관절염을 앓던 문짝과 마루, 우물과 아궁이도 그만 숨을 놓
아버렸는데

정지된 풍경에 숨결을 불어넣겠다는 듯
남새밭 한 귀퉁이 움파가 바람의 옷자락을 흔들고 있다

두루마리 화장지

그렇고 그런 사연을 줄줄 풀어내는 여자

그녀 어깨를 두드려주던 새의 노래와 어느 날 그녀를 박차고
떠난 새의 변심과 두루마리로 감긴 연녹색 바람의 연서를 조심
스레 펼치던 시절과 끼의 DNA를 타고난 바람이 차갑게 뒤돌아
선 후 빛바랜 편지들을 땅에 묻어 버리고 그 아픔을 거름으로
성숙해졌던

도돌이표 같은 사연들을 마냥 풀어낸다

단호하게 자르지 않으면 속내가 보이도록 하염없이 풀어낼
참이다

그녀, 호흡의 틈을 찾아 수다를 끊어야 한다

꽃씨를 풀어내는 여자

쪽창도 없는 네 평 남짓, 끄트머리 상가는 그녀의 화단이다

오전 열 시
문을 여는 인기척에
밤새 목말랐던 꽃들이 허겁지겁 빛을 마시면
아무렇게나 엎드려 자던 옷들이 전기재봉틀 소리에 눈을 비비며
하루의 실마리가 풀린다

그녀가 하는 일은 세월의 품새를 늘이거나 줄여주는 일
벽에 걸린 알록달록한 색실은 화수분이다

삶이란, 때에 따라 줄이거나 늘여야 하지만
그럴수록 더욱 견고하게 기워지는 수선품 같은 것이라며
실핀 하나로 가늠하는 밑단처럼
웬만한 일에는 흔들리지 않았다고

매듭 끊고 떠난 남편의 빈자리는
쉼없이 달달달 풀어낸 꽃씨 덕분에 채울 수 있었단다

저녁 일곱 시
온종일 꽃씨를 풀어내던 그녀가
하루치의 소음을 끈 채 내일을 시접해두고 일어선다

염색 천처럼 어둠을 빨아들이며 집으로 향하는 그녀
아직도 하루가 오바르크 되지 않았다

다발짓기

너는 색깔이 달라
그래서 무리 속에 들어올 수 없어

'초코파이'라는 별명은 '튀기'라는 말보다 순화된 언어
우리가 네게 던진 농담은 초코파이처럼 달콤했어

니가 그토록 부러워하던
하얀 날개 (솔직하게, 우린 황색이었어)를 얻기 위해
아파트 옥상에서 무리한 비행을 한 후 세상은
우리에게
꽃송이가 아닌 가시 다발이라고 손가락질했지

하지만 우리는, 그냥 다발 짓기에 몰두했을 뿐
다발이 클수록
불합리한 관습도 상식이 되는 커다란 다발을 연습하느라 그냥
아주 작은 다발을 만들었을 뿐….

* 다문화 가정 자녀의 투신 뉴스를 본 후.

친밀한 적

그가 피식 웃는다
돋보기 쓴 내 모습이 장모님과 똑같단다

오래전 돌아가신 엄마를 내 얼굴에서 읽어내는 이 남자

적은 가장 가까운 곳에 있다더니, 내 늙음을 확인사살 한다

팔자주름 아래 천진한 웃음이 숨겨져 있던
친정엄마의 모습을 기억하고 있는
나의 오래된 적

박격포로 공격하던 그를
따발총으로 반격하며 깃발 하나 없는 고지를 넘어온
두 노병이 새삼 마주 본다

활주로 같은 정수리와 까치발 새겨진 눈꼬리가
첫 손주 바라보던 아버님 모습과 똑같다고 반격해주었다

제 **4** 부

무수한 별이 바람에
쓸려갔다

따뜻한 쉼표

먼 길 가는 새에게
섬이 없다면

너에게
사랑이 없다면
얼마나
날개가 아플까

바보새 알바트로스

늙수그레한 여자 셋이 바다에 왔다

피붙이나 동창보다 숟가락 개수를 잘 아는
팔자주름 골의 깊이가 닮은 동네 친구들

암에게 발목 잡힌 남편의 삼시세끼에게 이박삼일 휴가를 받
은 여자
소리 없이 스며든 적에게 한쪽 유방을 내어주고
다섯 번의 전투에서 승리한 여자
술의 포로가 된 남편을 되찾기 위해 도시의 고도孤島에
남편을 보낸 여자

무거운 갑옷 벗고 바다에 왔다

수평선을 열어 감춰둔 웃음을 꺼내는 세 여자
청새치처럼 날아오르는 웃음이 아직도 싱싱하다

한번 짝을 지으면 평생 해로한다는 바보새 알바트로스

절벽에서 뛰어내릴 준비가 되어있다
머루알 같은 눈으로 뒤뚱거리던 순둥이
큰 날개를 펼쳐 거침없이 폭풍 속으로 날아오른다

바람의 두께를 헤아리며
날개가 지칠 때까지 비상을 포기하지 않는 알바트로스
바닷물보다 짠 눈물에 눈물샘이 막혀버린 바보새

지퍼가 채워지는 수평선, 침몰하는 붉은 해 앞에
한때는 햇, 님이었던 세 여자가 가라앉고 있다

아름다운 일몰이다

그해 여름 이후

이그 미친년이… 이 염천炎天에 몇 벌이나 입었나 보자
  골목 한 귀퉁이 걸레 뭉치처럼 웅크려있던 여자가 숙자 엄마
의 기세에 눌려 목을 움츠린다

  하나, 둘, 셋, 넷, 다섯, 여섯… 목덜미 근처를 헤집어보던 숙자
엄마가 츳츳 혀를 찬다
  여자의 정수리부터 머리카락 끝까지 하얀 서캐가 주렴처럼 달
려있다

  피난민촌을 옆구리에 낀, 국제시장 내려가는 영선고갯길
  전쟁터에 팔다리를 두고 온 군인들이 신작로를 가운데 두고
좌우로 포진해 있다
  사라진 손 대신 손목에 끼워진 은빛 갈고리는 왜 같은 민족이
총을 겨누었는지 차가운 물음표로 묻고 있었다

  숱한 죽음을 보았던 해가 핏발 선 눈으로 지켜보는 신작로
  단말마 같은 기억을 일부러 버리다가
  자신까지 몽땅 버려버린 여자가 네거리에서 수신호를 하고

있다

　노랑 한복 저고리 아래 삼각팬티만 걸친 잘록한 허리 아래, 사타구니에서 흘러내린 선혈이 발목까지 내려와 말라붙어 있다

　좌우 광풍에 쓰러진 풀들이 떠밀려온 남쪽 도시 산중턱마다 피난민 판잣집이 따개비처럼 늘어났다 함경도가 고향이라는 월남이 아버지는 술만 취하면 어마이~ 아바지~ 부르면서 울었다

공손한 수화手話

손가락은 할 말이 많다

너를 최고라고 치켜세우고

삿대질하고

은밀하게 숨겨놓은 애인을 암시하고

엿이나 먹으라고 욕설하고

긍정의 엄지와 부정의 검지가
하루에도 몇 번씩 타살의 총구를 겨누다가

'내 탓이요'
총구를 돌리는

반란과 충직의 언어

숨기 좋은 방

다락방은 연둣빛 슬픔을 숨겨놓기 좋은 곳
아버지의 고함과 어머니의 비명은 삼킬 수도 버릴 수도 없는
질량이었으므로

빗금 천장 아래 웅크려 잠을 부화시키다 아득하게 부르는 소
리에 눈을 뜨면
아침인지 저녁인지 구분되지 않았고 쪽창 너머 선잠 깬 햇살
이 하품했다

다락방 모서리는 비밀을 숨겨놓기 좋은 장소 빗금 천장 아래,
풋감 같은 슬픔과 온점 하나 찍지 못한 짝사랑…
푸른색 잉크병에 적셔 일기장으로 옮겼다

마음에도 두 개의 방이 있다면
그리하여, 천정 낮은 다락방 그 빗소리처럼 괜찮아, 괜찮아,
또닥또닥 자장가를 들을 수 있다면

키친 Death

주방은 장례식장
죽음이 익숙한 곳이다

비릿한 피 냄새를 도마 위에 올려놓은 칼잡이는
먹이사슬 최상위 포식자

주검의 상태를 선별하고
주검들의 배합과 맛을 가늠하는 우아한 맹수다

산낙지와 꽃게 다리를 절단하며
바람과 눈, 비 탁본 새겨진 푸성귀를 삶아내고
부관참시하듯 아무렇지 않게 생선 내장을 꺼내는, 나는
세렝게티 초원의 암사자다

Deep Kiss

이것저것 받아들이고 가끔은 역류하고
독설과 악취 풍기는 입속에
은어 한 마리 살고 있지

오래전 낯익은 은어 한 마리를 만난 적이 있었어
강은 맑았지만 외로웠기에 우리는
꼬리를 휘감으며 유희했어

말보다 농밀한 글을 쓰는 혀
너의 비늘에서 달콤한 수박 맛이 났어
1812년 서곡 피날레 종소리가 들려 세상은 페이드아웃 되고
무수한 나비떼가 날아다녔어
섬세한, 참으로 섬세한 문장

이제, 강의 하류에서
물비늘처럼 명멸하는 추억이나 낚으면서도
내가 아직 가보지 못한 미지의 강에서
여전히 꼬리치고 있을 은어 한 마리를 상상한다

quick change

수천 개의 입술이 떨어진다

봄날은
짧은 키스를 따라 떠나고
하얀 이별이 나부끼는 이곳은 축제장이다

나무가 몸을 비운다고
숲이 가벼워지는 것이 아니듯
소멸과 탄생이 단지 몸 바꾸는 일이라는 듯
아카시아 꽃잎 수북한 자리 흰나비떼가 날아오른다

어느새 가볍게 몸 바꾼 어머니
산소에서 내려오는 내 어깨 위에 오랫동안 앉아있다 되돌아
가셨다
눈물 어룽거리는 오월 속으로
팔랑팔랑……

동명목재

칼바람 부는 용당 앞바다, 바닷물에 퉁퉁 불은 고래를 끌어
올리는 남자들, 소음과 나뭇가루 날리는 공장에서 컨베이어를
타고 끊임없이 내려오는 고래를 차곡차곡 쌓는 여공들

제 덩치보다 큰 고래를 쉽없이 끌어올리는
3급수 피라미처럼 내성이 강한 그들의 등에는 가난한 부모
형제와 처자식이, 지느러미에 걸린 낚싯줄처럼 엉켜있다

덕분에, 고래들은 점점 가세가 번성해서 부산은행과 페인트공
장, 동영제지, 동성해운, 동명개발과 동명문화학원, 동명중공업
을 줄줄이 순산했지만….
결국 숱한 신화를 남긴 채 바다로 되돌아갔다는데

고래에게 오른손이 먹혀버린 늙수그레한 여인 의수義手가 용
당 앞바다 고래떼가 신화가 아니라는 증거로 남아있다

조그만 엄마

조그만 발로 엄마를 따라다녔지
바람이 솜털 같았어

엄마와 나란히 걸었어 바람이
까불거렸지

한동안 바람에게 까불었어
하지만 엄마가 내 걸음보다 느려졌을 때 처음으로 바람이 두
려웠어

어느 날 엄마가 갑자기 빨라졌어 너무
빨라 붙잡을 수가 없었어

바람이 말했어
엄마는 원래 나보다 빠른 사람이라고 발이
너무 커버린 엄마가 다시 조그만 발을 가지려면
엄마의 엄마를 따라가야 한다고

할 일이 없어진 발을 바라보던 엄마는 다시
조그만 발을 갖고 싶다고 했어
엄마도 원래 발이 작았다면서

조그만 엄마 발에는 너무 헐렁했던 신발을 두고 가버렸어

흑백의 시대를 지나온 발

영화 '맨발의 청춘'은 죽음을 모르던 내게 최초의 슬픔을 주
었다
다시 태어나면 학이 되고 싶다며, 이룰 수 없는 사랑에 영원
을 약속하며 동반자살을 했으나 '요안나'는 만장기와 승용차
에 '두수'는 달구지에 실려갔다
두수를 덮은 거적에서 삐져나온 발에 자신의 구두를 신겨주
고 눈길을 걸어가는 트위스트 김의 맨발이 눈밭을 녹일 때 통곡
으로 들썩거렸던 중부극장

학교에서 단체로 관람 갔던 '저 하늘에도 슬픔이'
'윤복이'의 여동생이 길에서 넘어지고 쏟아진 간장병 앞에서
배고픔과 서러움에 울 때…. 우리는 맨발처럼 새빨갛게 울었다

아직 발이 다 자라기 전 슬픔의 전이는 예민하고 강렬한 터
영화관을 가득 채운 사춘기의 울음 물결이 왕자극장 안을 휘
감았다

흑백은 순수와 순애보의 시대였다

'별들의 고향' 경아가 문호와 오랜만에 함께 누워보고, 사랑과 돈에 속은 경아의 발이 모처럼 문호의 발과 만났지만 그녀의 별은 너무 마모되어 빛을 잃어버린 지 오래

영원한 별을 찾아 떠나는 경아가 맨발로 눈밭을 걸어갈 때 총천연색 시네마스코프 극장은 더 이상 울지 않았다
바람에게 까불고 바람을 밟고 다녔던 철없던 내 발이 다 커버렸기 때문이었다

"맨발의 청춘을" 지나 별들의 고향으로 되돌아간 배우의 발자취를 보여주는 TV 앞에서 새삼 내 발을 바라본다

굳은살, 굳어진 생각
말라버린 눈물의 반비례 흔적이다

퇴화하는 입

너의 입김이 불안해
너의 숨결이 두려워
기침도 하품도…

립스틱 공장이 코로나 균에게 치명상을 입었다지
그 때문에
지금은 불신의 시대라고 속내를 뱉어낼 입이 사라져버렸어

장대비 속에서 환호하던 젊음에게 신이 되었던 무대 위 그 남
자는 환영이었을까
그의 눈짓과 몸짓에 피어나던 수많은 붉은 입술
별에 닿을 듯 솟구치던 그 활화산은 신화가 될지도 몰라

물속처럼 고요한 전철 안에서 유일한 입은
스피커에서 나오는 안내 방송뿐
마스크가 덮어버린 발랄했던 저 입들은 이제
食의 口로 퇴화되어 가고 있어

과분한 세금

연세도 있으신 것 같은데
라는 말을 간혹 들을 때면
나 듣기 좋아라 대접해주는 말인 줄 알면서도
썩 좋게 들리지는 않는다

하지만, 내 나이가 연세로 격상된 것은
세월에게 꼬박꼬박 연세年稅를 잘 냈다는 증거

공기 더럽히고 쓰레기나 배출하며
쇠똥구리처럼 지구를 굴리는 나를
누가, 대신 연세를 내어주고 있는 것일까

치매 걸린 항문

에미야 저기 너거 시아버지 앞집에 들어간다
—아버님 돌아가신 지 이십 년이 넘었어요
에미야 아무리 세어 봐도 손가락이 아홉 개밖에 없구나
—혹시 방바닥에 떨어졌나 찾아보세요

고혈압의 이빨에 회로回路가 끊어진 시어머니
마비된 팔다리로 타임머신을 타고 다녔다

이성을 잡아먹은 놈은 식욕이었던가
뱃속까지 치매에 점령된 시어머니 항상 배가 고팠고
까마귀가 파먹어 버린 머릿속에는 헛도는 레코드판이 들어
있었지만
똥은, 똑똑했다
그리고 제 임무를 다했다

풀린 순대 같은 멍청한 항문과 달리
채움과 비움의 학문을 잊지 않은 영악한 똥은 멍청한 항문을
조롱했다

도화지

여섯 살 때도 선물 받았고
일곱 살 때도 선물 받았는데
이번에는 모르겠어
산타클로스 할아버지에게 편지를 써놓기는 했는데…

첫눈 같은 동심아!

단 한 번도
자신에게 죄를 묻지 않은 어른들 속에서
너를 반성하기에는 아직 너무 이르단다

꽃을 열게 하는 꽃

버스 정류장 꽃집
술에 취해 헐거워진 사내가 들어가더니
붉은 장미 가운데 노란 장미가
달처럼 박힌 꽃다발을 들고 나온다

오늘은 화요일인데
술 취한 안개비가 도시를 지워가는데
저 남자는 누구에게 꽃다발을 안겨주려나

가리비처럼 심장 문을 닫은 채
등 돌려 자는 아내가 기다리는 집
현관에 얼굴보다 꽃다발이 먼저 들어가면
아내의 가시들이 후드득 떨어지겠지

오늘밤 사내의 집에는
달무리 같은 안개등이 켜지고
물풀처럼 순해진 장미가시들이
숨겨 둔 향기를 일제히 풀어내겠지

품

품어주세요
솔개에게 놀란 병아리 숨겨주는
어미닭처럼

가슴에 구멍 내어
단단하게 별들을 끌어안은
밤하늘처럼

품어주세요
어둠이 무서워 내려오는
산 그림자 안아주는
강물처럼

바람벽의 들창처럼 시린 등허리를
가만히
품어주세요

발칙한 상상력과
생명적 통찰의 유머

문 광 영
(문학평론가 · 경인교대 명예교수)

발칙한 상상력과
생명적 통찰의 유머

문 광 영
(문학평론가 · 경인교대 명예교수)

전순복 시인은 부산시 중구 동광동에서 7남매 중 셋째딸로 태어났다. 부산에서 성장한 그녀는 20대 중반 결혼과 더불어 남편의 직장을 따라 인천으로 올라와 지금까지 살고 있다.《에세이문학》(2014)에 수필로 등단했으며,《시와소금》(2015)에 시로 등단했다. 또한, 타고난 음악적 감성이 깊어 가수 못지않은 노래 실력은 물론, 대중가요 작곡, 작사가로 활동하기도 한다. 그래서인지 전순복의 시편들에는 감성적 끼와 보헤미안적 기질에서 오는 자유분방한 상상력이 시의 속살이 되어 도처에서 꿈틀거린다.

1. 자아정체성 찾기의 애틋한 시정

전순복의 시편들에는 부산을 소재로 한 시가 빈번하게 등장한다. 그녀가 성장한 고향 풍경이며, 자기 이야기, 가족사와 관련된 시정들이 애틋하게 묻어난다. 이러한 시인의 고향 회귀나 과거 회상은 뿌리 의식의 발로이자 자존감 회복인 동시에 적극적 실존의 자아정체성과 맞물려 있다.

그녀의 회억적 상상력은 과거와 현재를 하나의 닻으로 묶어놓고 원심적 공간에서 활발한 생기의 상상력을 보여주는데, 그녀만의 시적 사유의 특질과 심미적 정감을 체득할 수 있는 단초가 되고 있다.

음표들이 내려오기 시작했다
조율되지 않은 현악기가 불협화음으로 흐른다

루핑쪼가리와 판자로 덮은 지붕 사이를 뚫고
안단테로 내려오던 음표들이 포르테로 퍼붓기 시작하면
크고 작은 그릇들이 놓여진다

비가 더욱 거세지고
독주곡과 실내악이 제각각 방안 가득 어우러지면
지붕에 올라간 아버지가 지휘봉을 딱딱 두드리며
이제 어떻노?
소리쳐 물어보고
머리에 수건을 쓴 어머니가 안팎을 들락거리며
아니라예!
이제 됐네요!
지붕을 향해 대답하고
이 학기 음악책을 넘기며 노래를 부르던 언니와 나는
음표가 가득 찬 양동이를 수챗가로 들고 갔다

— 「지붕을 연주하다」 부분

　위 시는 어렸을 적, 초여름 비 오는 날 집 풍경을 음악적 선율로 시화한 것이다. 마치 뮤지컬을 보는 것처럼 무대적인 대화와 음악적인 요소를 결합시켜 생동감 있게 묘사되고 있다. 빗방울이 "음표"로 치환되고, 비 내리는 풍경을 '안단테', '포르테' 등 선율적 이미지로 풀어낸다. '루핑쪼가리와 판자로 덮은 지붕'에 떨어지는 빗소리는 '현악기의 불협화음'이고, "안단테로 내려오던 음표들이 포르테로 퍼붓기 시작하면/ 크고 작은 그릇들이 놓여진다"는 것, 그러다가 비가 더욱 거세지면, "독주곡과 실내악이 세각각 방안 가득" 어우러진다는 생기발랄한 묘사를 보인다. 나아가 아버지가 지붕을 손보면서 지휘봉으로 딱딱 두드리면 음표를 잔뜩 덮어쓴 어머니가 응답한다는 것, 이럴 때 화자와 언니는 "음표가 가득 찬 양동이를 수챗가로 들고" 나간다. 아주 익살과 재치가 넘치는 장면이다. 어찌 보면 가난이 빚어낸 난감한 사태인데도 해학과 위트로 풀어낸 시적 행보가 마냥 싱그럽다. 비 오는 날, 허름한 판잣집에서 부산떠는 가족들의 애처로운 모습이 오히려 음악적 선율의 박진감으로 정조(情操)를 자아낸다

이러한 전순복 특유의 선율적 이미지의 감성은 그녀의 선천성 기질에서 오는 것 같다. 그녀는 패티김에 걸맞는 타고난 노래 실력을 지녔고, 대중가요 작사, 작곡에도 조예가 깊다. 나아가 영상 제작에도 남다른 눈썰미가 있는데, 아마도 예술 취향의 끼나 조형적 감수성에서 비롯된 것이라 보고 싶다.

다락방은 연둣빛 슬픔을 숨겨놓기 좋은 곳
아버지의 고함과 어머니의 비명은 삼킬 수도 버릴 수도 없는
질량이었으므로

빗금 천장 아래 웅크려 잠을 부화시키다 아득하게 부르는 소리
에 눈을 뜨면
아침인지 저녁인지 구분되지 않았고 쪽창 너머 선잠 깬 햇살이

하품했다

(중략)

마음에도 두 개의 방이 있다면

그리하여, 천정 낮은 다락방 그 빗소리처럼 괜찮아, 괜찮아, 또닥또닥 자장가를 들을 수 있다면

— 「숨기 좋은 방」 부분

시 「숨기 좋은 방」에서도 고향 집의 시정이 그려진다. 비밀을 숨겨놓기 좋았다는 '천정 낮은 다락방', 그곳 아지트에서 홀로 애틋한 감성의 시간을 보낸 것 같다. 빗소리를 자장가 삼아 쪽잠을 자거나, "풋감 같은 슬픔" 속에 막연한 외로움을 달래거나, "온점 하나 찍지 못한 짝사랑"의 안식처로 여린 사춘기를 보낸 것이다. 그곳 다락방의 "연둣빛 슬픔"은 어떤 것이었을까? 그리고 피난처로서 수없이 마음의 방을 만들어 간 그 실체들은 무엇이었을까? 아마도 그의 시 〈품〉에서 말한 것처럼, 그 다락방은 "솔개에게 놀란 병아리 숨겨주는 어미닭"이거나, "가슴에 구멍 내어 단단하게 별들을 끌어안은 밤하늘"의 꿈이거나, 아니면, "어둠이 무서워 내려오는 산 그림자 안아주는 강물"과 같이 따스하게 자신의 동심을 품어주는 둥지였을 것이다.

숱한 죽음을 보았던 해가 핏발 선 눈으로 지켜보는 신작로
단말마 같은 기억을 일부러 버리다가
자신까지 몽땅 버려버린 여자가 네거리에서 수신호를 하고 있다
노랑 한복 저고리 아래 삼각팬티만 걸친 잘록한 허리 아래, 사
타구니에서 흘러내린 선혈이 발목까지 내려와 말라붙어 있다
좌우 광풍에 쓰러진 풀들이 떠밀려온 남쪽 도시 산 중턱마다
피난민 판잣집이 따개비처럼 늘어났다 함경도가 고향이라는 월남
이 아버지는 술만 취하면 어마이~ 아바지~ 부르면서 울었다

— 「그해 여름 이후」 부분

시 「그해 여름 이후」는 시인이 어렸을 때 고향 부산에서 목
도했던 한국전쟁의 참상과 피난민촌의 풍경을 고스란히 담고
있다. 영선고갯길 신작로 주변엔 팔다리를 잃거나 손 대신 은
빛 갈고리를 한 군인들이 흔하고, 골목 한 귀퉁이에 걸레 뭉치
처럼 웅크리고 있는 미친 여자와, 자신을 잃어버린 여자의 사
타구니에서 발목까지 흐른 피가 말라버린 선혈의 모습, 그리고
따개비처럼 늘어났다는 판잣집 등 비참하고 암울한 기억이다.
　그리하여 "숱한 죽음을 보았던" 해마저 "핏발 선 눈으로" 신
작로를 지켜본다는 날카로운 시정을 펼친다. 또한 「골목」이란
시에서도 집 앞의 골목길 풍물을 생생하게 그려낸다. 보름날이
되면 "깡통에 불을 넣어 돌리는 아이들이 반딧불처럼 날아다니

던 길"이었고, "고물장수, 엿장수 찹쌀떡 메밀묵 장수들이 머리에 어깨에/ 가난의 방물을 지고 흘러가던 길"이었다는 것. 나아가 그 골목길은 "숨 가쁘게 먹이 물어 나르던 어머니"의 혼이 서린 곳이었다고 애틋한 시정을 보여준다.

어머니는 우주였다
일곱 개의 행성을 만든 우주는 가난하고 병약한 미립자였다
하지만
그 암흑의 미궁 속에서도
원심력이 강한 어머니는 한 개의 별도 놓치지 않았는데
만약 어머니가 빅뱅을 했더라면
우리들은 블랙홀에 빨려 들어가
캄캄한 우주 어디쯤 먼지로 떠돌아다녔을 것이다

그런데 지금도 궁금한 것은
빛 한줄기 안 보이는 그, 궁핍의 소용돌이 속에서
어떻게, 일곱 개의 별을 데리고 사진관에 갈 생각을 했는지

　　　　　　　　―「미크로 코스모스(micro cosmos)」 부분

전순복의 시편들 가운데는 어머니, 엄마가 자주 등장한다.

그녀의 자기 돌아보기의 성찰의식, 깨달음을 얻는 중심 공간
에는 늘 어머니가 위치한다. 곧 어머니는 자기를 돌아보는 '거
울'이며, 현재이자 미래인 것이다. 위「미크로 코스모스(micro
cosmos)」에서는 가족의 바랜 흑백사진을 보다가 떠오른 모정
을 회억해낸다. 서두에서 "어머니는 우주였다"고 전제하고, 한
국전쟁 후, 궁핍하고 혼란했던 시대에 7남매를 길러낸 강한 모
성애의 힘을 우주적 상상력으로 그려내고 있다. 곧 "일곱 개의
행성을 만든 우주는 가난하고 병약한 미립자"였지만, "암흑의
미궁 속에서도/ 원심력이 강한 어머니는 한 개의 별도 놓치지
않았"다고 의미를 부여한다. 이제 세월은 흘러 어머니가 된 나
이, 어머니의 또 다른 우주가 되었다는 사실에 깜짝 놀라고 성
찰의 시간을 갖는 것이다. 7남매 흑백사진에서 일곱 개의 별로,
나아가 우주적 상상력으로 확대해가는 형상화의 시선이 참신
하다.

한 달에 한 번
바다가 마법을 부리는 날이면 둥근 달이 솟아올라요

바다가 키운 달이 여자의 궁에서 빠져나가는 동안 여자의 머리
카락은 삼단처럼 풍성해지고 입술은 홍옥처럼 익어가지요

달은 너무 완벽해서 예민하지만

비릿한 갯내음을 감지한 남자들은 궁전 근처를 배회하며 성벽에 오르기를 시도하지요

(중략)

수없이 뜨고 지던 달이 지쳐 여자의 바다가 서서히 말라갈 무렵이면 달의 주기를 놓친 궁에 혼란이 일어나요

그러다 달이 아예 사라지면 성전 여기저기 균열이 일어나기도 하지요 이럴 때 눈치 없이 성벽을 흔들거나 배회하면 된서리를 맞게 되죠

―「폐경기」 부분

'폐경'을 이렇게 시적으로 발랄하고 아름답게 묘사할 수 있을까? 바닷물의 마법, 여자의 궁, 그리고 달의 주기로 연결되는 우주적 상상력으로 풀어내다니, 아주 놀랍고 신비스럽다. "바다가 마법을 부리는 날이면 둥근 달이 솟아"오르고, "바다가 키운 달이 여자의 궁을 빠져나가는 동안" "입술은 홍옥처럼 익어"가고, 여기에 "비릿한 갯내음을 감지한 남자들은 궁전 근처를 배회하며 성벽에 오르기를 시도"한다는 시상, 하나의 드라마틱한 신화를 체험케 한다. 내밀한 여성성의 에로틱한 이미지 처리도 매우 정치(精緻)하고, 환기력을 높여 준다. 폐경이 "달이 지쳐 여자의 바다가 서서히 말라갈 무렵"에 일어나는 "달의 주기를 놓친 궁에 혼란" 때문이라는 상상도 재치가 있다. 마지막

연에서 "눈치 없이 성벽을 흔들거나 배회하면 된서리를 맞게"된다고 하는 능청은 점입가경이다. '달'과 '바다', '궁'이 합체된 이미지로서, 이런 폐경의 시적 의미가 어쩌면 우주적 진실인지도 모른다.

내 나이가 연세로 격상된 것은
세월에게 꼬박꼬박 연세年稅를 잘 냈다는 증거

공기 더럽히고 쓰레기나 배출하며
쇠똥구리처럼 지구를 굴리는 나를
누가, 대신 연세를 내어주고 있는 것일까

─「과분한 세금」 부분

위의 시에서는 '연세'라는 동음이의어가 주는 언어유희(pun)적 재치를 살려 쓴 것이다. "내 나이가 연세로 격상된 것은/ 세월에게 꼬박꼬박 연세年稅를 잘 냈다는 증거"라고 하는 시적 논리가 그럴듯하고 의미 있게 다가온다. 내 '나이'가 자라 '年歲'가 되고, 그것은 뒤집어 말하면 동음이의어로 "年稅를 잘 냈다는 증거"라는 것이다. 여기에선 또 자연친화적 생태계를 사랑하는 소박한 생명주의 사유도 읽힌다. "공기 더럽히고 쓰레기나 배출하며" 살아간다는 자기 인식, 나아가 "쇠똥구리처럼 지구를 굴리는 나"라는 비유에서는 발칙한 상상의 감성을 엿볼 수 있다.

누구든지 스스로 고향회귀나 성장의 과정을 반추하며 자아 찾기를 실행한다. 특히 나이가 들수록 자아정체성의 확인은 강해지는 법, 그 자아찾기의 원초적 심리는 치열한 삶 속에서만이 충실한 자각이 선행되는데, 실존적 각성과도 결부된다. 그 작업은 단독자로서 젊은 시절보다는 중년에, 중년보다는 장년의 시기에 더더욱 왕성해진다.

2. 현란한 메타포와 역동적 텐션의 유머 감각

전순복의 시들은 그야말로 메타포의 천국이다. 메타포적 발랄한 상상력은 지적 유희로 유의미한 즐거움과 읽는 재미를 안겨준다. 시란 상상이 지배하는 예술, 자기 체험에서 촉발된 나만의 정감이나 거기에서 비롯된 상상의 깊이 여부가 작품의 성패를 가린다. 우리 시단을 보면 표피적 사고, 상상의 빈곤으로 울림도 없고 재미없는 작품들이 판을 친다. 상상력을 동원하지 않고 본대로 적어내거나 피상적 관념으로 치장된 것들은 어떤 새로움, 감흥도 없는 법, 여기에 전순복 시의 존재가치가 있다.

시인은 자기 나름의 시적 대상에 대한 미적 감수성으로 상상의 깊이나 의미부여, 해석적 능력을 발휘한다. 전순복의 시에서 감수성의 진폭은 넓고 날카로우며 정치(精緻)하다. 더불어 그녀의 시편들에서는 늘 발칙하고 현란한 메타포로 텐션의 미학을 이루며 역동적 유머를 수반한다.

먼저, 산수유 수프로 부드럽게 위를 달래주세요

목련 꽃잎 전(煎)이 나왔습니다
허겁지겁 삼키다 목에 걸릴 수 있으니까
천천히 삼켜주세요
이번에는
선홍빛 부위가 연하고 싱싱한
저희 대표 요리, 진달래 안심살입니다

이제 포만감이 든다고요?
겨우내 얼었던 몸이 녹작지근해졌다고요?
그럼 이제, 후식을 드실 차례네요
민들레 솜사탕을 먹을 때는
콧구멍에 홀씨가 들어가지 않게 조심조심
행여, 손님의 재채기 소리에 놀란 벚꽃팝콘이 설 튀겨질 수가
있거든요

— 「봄의 코스요리」 부분

시 「봄의 코스요리」는 잘 차려진 봄꽃 식탁에서 요리를 먹는 장면 같다. 시각적 이미지를 맛있는 미각적 음식으로 치환한 착상이 흥미롭고 신선하다. 전순복은 체험적 대상을 익숙한 것으로 보지 않고 역동적인 지각의 지향성에 따라 변화하는 사태자체로 본다. 산하의 봄꽃들이 지닌 시각적 이미지에 머물지 않고, 이렇게 맛깔스러운 음식으로 전치시키는 발칙한 시상으로 경이롭게 보여준다. 위를 부드럽게 달래주는 "산수유 수프", "목련 꽃잎 전煎"이 나오고, 연하고 싱싱한 "진달래 안심살"을 먹으라는 것. 그리고 후식으로 "민들레 솜사탕"과 "아카시아와 찔레꽃 아이스크림"을 맛보라 한다. 시의 창조란 이렇게 늘 존재를 낯설게 전이시키는 명명행위인 것, 여기에서 독자는 새로움과 경이감, 나아가 물론 텐션(tension)의 미학적 탄력도 읽을 수 있게 된다. 그런 점에서 시인은 보이지 않는 존재의 심원까지도 현현시키는 신(神)의 촉수를 부여받은 능력자인 것이다.

몸을 내어줄 때마다 번번이 소리를 질러대는
펑퍼짐한 엉덩이가 달아오르기 시작한다

칙칙!
절정을 치닫는 여자가 교성嬌聲을 쏟아낸다
포르테, 포르테!
포르티시모!

저러다가 뚜껑이 열릴 것 같다

옹골찬 강성이 말랑말랑해지는 그곳
발아되지 못한 싹들이 폭죽처럼 명멸하는
궁은 맹렬하다

치익, 치익
정적을 분무하는 신음소리가 서서히 잦아든다
물풀처럼 순해진 그것들이 혼곤히 가라앉는다
칭얼대던 여자가 잠잠해져
파편처럼 부서지던 침묵들이 제자리를 찾아간다

— 「압력솥」 전문

위 시에서는 '압력솥'의 속성을 에로틱한 '여자의 교성嬌聲'
으로 의인 치환하여 아주 발칙하게 그려내고 있다. 불에 달궈진
'압력솥' 몸통이 달아오른 모습을 "펑퍼짐한 엉덩이"로, "폭죽
처럼 명멸하는 궁"이며, "정적을 분무하는 신음소리" 등 성적
유희로 현란하게 묘사하고 있는 것이다. 여기에 행간에 삽입한
"포르테, 포르테!/ 포르티시모!"라든가, "치익, 치익"하는 의성
어에 의한 리듬감도 매우 박진감 있고 역동적이다. 이러한 에로
틱한 표현의 시정은 어쩌면 원초적인 육감(肉感)적 기질과 성자

(聖者)적 기질을 유감없이 발휘하려는 그녀만의 자유분방한 보헤미안적 심성의 발로라 하지 않을 수 없다.

전순복의 시편에는 이렇게 성(聖)과 속(俗)을 가리지 않고 혼재되어 넘나든다. 곧 미물 속에서도 성스러운 참된 것을 찾아내고, 이를 반추하여 우리네 자화상으로 회감시켜 성찰하게 한다.

라싸를 향하는 오체투지 순례자
고행의 길이 녹록지 않다

온몸으로
나무의 경전을 읽던 순례자
온전한 날개를 얻었을까

—「자벌레」부분

절뚝, 절뚝
달팽이가 제 키보다 높은 등짐을 지고 간다

양쪽 겨드랑이에 목발을 끼운 채
그렇고 그런 시간을 짊어진 채 빙판길을 가늠하는
민달팽이가 안 되려 기어코 지고 가는 낡은 집에는
압축된 그의 삶이 들어있다

한 사내의 일생이 겨우, 배낭 하나에 담겨있는 것이다

— 「무거운 빈집」 부분

시 「자벌레」에서 '자벌레'는 "라싸를 향하는 오체투지 순례
자"라는 치환의 인간으로, 또 〈무거운 빈집〉의 '달팽이'는 배낭
하나 짊어진 '한 사내'로 각각 치환의 상상력을 보여준다. 전자
의 자벌레는 성스러운 고행의 길을, 후자의 한 사내는 도심 속
소시민적 일상을 그대로 드러낸다. 어쩌면 우리가 실존하는 이
승의 삶이란 화자가 말한 대로 우듬지의 고행길인 것. 마지막
허공을 가늠하며 교만과 어리석음을 참회하고 자기 자신을 무
한히 낮추면서 나아가는 신의 땅, 라사를 향한 오체투지의 과
정인 것이다, 시인은 이것을 자벌레라는 미물을 통해 말하고 싶
었던 것일 게다. 나아가 달팽이가 짊어진 '무거운 빈집'에서는
아둔한 인간사의 업보로도 읽힌다. 그래서 달팽이가 지나온 구
불구불한 궤적은 바로 삼세개고(三世皆苦)로 우리가 감내하고
살아가야만 하는 길, 바로 자벌레나 달팽이는 지금 살아가고
있는 우리네 자화상을 비유한 것이다. 전순복의 시에서 이러한
정교하고 치밀한 메타포에 의한 다양한 상상력은 작품 도처에
드러난다.

미처, 들숨을 마무리 못 한 채
커다랗게 열려있는 입과 놀란 눈
흑진주처럼 명明하던 태太의 눈에 찌부러진 바다가 말라 있다

최초의 이름을 잃고 낯선 이름을 얻기까지 얼마나 많은 슬픔을
흘려보냈을까
저렇게 물기가 없어지도록
수많은 바람의 독설이 스쳐갔겠지

눈물이 없는 그녀 독하다고 하지만
눈물을 탕진한 그녀 스쳐간 바람의 속성을 가늠해본다

―「북어」부분

  위의 시 「북어」는 전반부에서 말린 명태로서 '북어' 라는 생
물의 특징을 다루고 있다, 하지만 후반부의 시적 공간에 이르
게 되면 북어처럼 이승을 떠난 여인의 영정 사진을 바라보는 건
조한 눈망울로 마무리되고 있다. 어쩌면 바다에서 일생을 지내
다가 제상에 제물로 바쳐진 북어는 영정 사진의 여인이기도 한
것이다. 그녀에게도 오래전 잃어버린 바다가 있다는 것. 북어가
노가리에서부터 동태, 생태, 황태 등 세월에 따라 다양한 호칭
으로 겪어왔듯이, 영정의 그녀도 생전에는 딸, 아내, 며느리, 엄

마, 할머니라는 호칭에 이르기까지 무수한 "슬픔을 흘려보냈을" 것이고, "수많은 바람의 독설이" 스쳐갔을 것이다.

그가 피식 웃는다
돋보기 쓴 내 모습이 장모님과 똑같단다

오래전 돌아가신 엄마를 내 얼굴에서 읽어내는 이 남자

적은 가장 가까운 곳에 있다더니, 내 늙음을 확인사살한다
〈중략〉
박격포로 공격하던 그를
따발총으로 반격하며 깃발 하나 없는 고지를 넘어온
두 노병이 새삼 마주 본다

활주로 같은 정수리와 까치발 새겨진 눈꼬리가
첫 손주 바라보던 아버님 모습과 똑같다고 반격해주었다

— 「친밀한 적」 부분

부부지간의 시적 대화가 재치 있고 감칠맛이 난다. 부부가 지천명을 넘으면 노병으로서 친밀한 아군이자 적군이 되는가 보다. 돋보기 쓴 아내의 얼굴에서 "친정엄마의 모습"을 읽어내는

남편, 이의 반격으로 "활주로 같은 정수리와 까치발 새겨진 눈꼬리가 첫손주 바라보던 아버님 모습과 똑같다"라는 아내의 대꾸에서 그만 폭소가 터진다. 부부를 '두 노병'이라는 화자의 말에서는 위트의 생기가 넘친다.

그녀의 해학(유머)의 시편들은 소재마다 다양한데, 발칙한 상상력이나 은유적 치환을 근간으로 하고 있다. 시「자반고등어」에서는 '고등어 간 맞추는 일'을 '직장 생활'에 빗대어 표현하고 있다. "짠맛은/ 생生의 간을 맞추는 일"인데, "돌아누운 남편의 지느러미에/ 가슴을 밀어 넣는 아내의 등이 싱싱하다"라는 유추 방식의 중의적인 표현에서도 위트가 넘친다. 나아가 도심의 전철을 "순대를 만드는 맹렬한 도시의 창자"(「줄줄이 순대」)로 비유한 시편, 하이힐을 "세상에 허리를 굽히지 않겠다는 뾰족한 콧대"(〈하이힐〉)로 비유한 시편도 있다. 또 시「Deep Kiss」에서는 입안에 "은어 한 마리"로 표상되는 역동적인 상관물과 "농밀한 글을 쓰는 혀"의 "섬세한 문장"으로서의 이미지를 연결시켜 '키스'라는 속성을 해학적으로 그려내기도 한다.

다음으로 전순복 시편들은 한결같이 발칙하고 현란한 상상의 메타포로 역동적 유머 감각이 동원되면서 텐션(tension)의 시 미학을 형성한다.

"부활한 수저가 육개장과 돼지머리 편육을 나른다"(「마지막 호출」)

"에피소드에 눈시울을 붉히는 술잔" (「마지막 호출」)

"영악한 똥은 멍청한 항문을 조롱했다" (「치매 걸린 항문」)

"청새치처럼 날아오르는 웃음" (「바보새 알바트로스」)

"수평선을 열어 감춰둔 웃음을 꺼내는 세 여자" (「바보새 알바트로스」)

"쪽창 너머 선잠 깬 햇살이 하품했다" (「숨기좋은 방」)

"바람은 얼마나 배가 불렀을까" (「풍장」)

"아지랑이 반 근, 햇살 반 근"(「호랑나비 저울」)

"그렇고 그런 사연을 풀어내는 여자" (「두루마리 화장지」)

"터널처럼 등뼈를 구부린 바다가 제 뱃속을 보여주는 아쿠아리움" (「모래, 풍경을 낳다」)

"하루종일 순대를 만드는 맹렬한 도시의 창자" (「줄줄이 순대」)

"과식한 리어카를 끌고 가는 노인" (「고물고물」)

"성미 급한 신호등의 눈총을 받으며" (「고물고물」)

"희망과 절망의 능선을 걸어온 구두 굽" (「하이힐」)

'텐션'은 시어와 시어, 시구, 나아가 행과 연에서 생기는 전위차로, 테이트(A.Tate)가 말한 외연과 내포 사이의 '장력, 탄력, 긴장'을 의미한다. 바로 전위차가 높은 은유(비유)며 해학적 상상력, 이질적인 공간이나 시간의 병치, 원거리 이미지의 당

돌한 결합을 보인다는 것이다. 이는 시의 본령인 함축성과 다의성을 만들어내는데, 역동적 유머를 동반하면서 강한 흡인력과 환기력으로, 마치 바다의 곤(鯤)이 하늘의 붕(鵬)이 되어 나르는 유쾌한 즐거움을 맛보게 한다. 곧 위의 다양한 시구에서 보듯이 낯선 치환 은유(隱喩)를 부려 쓰거나, 존던(J.Done)이 섰던 conceit에 의한 기이한 착상법, 원거리 이미지를 당돌하게 결합시키는 데뻬이즈망(depaysement) 수법, 엘리엇(T.S. Eliot)의 객관적상관물(objective correlative) 등 여러 정치(精緻)한 기법들이 동원되어 중층적 형상화를 이루고 있는 것이다. 그래서 그녀의 시편들은 늘 새롭고, 낯설고, 크로테스크한 역동적 생기를 보이면서 유쾌한 유머를 일으킨다.

3. 연민적 시정과 생명적 성찰의 깊이

나아가 전순복 시의 또 한 특징은 연민적 시정이 줄기차게 흐르면서 생명적 성찰의식을 보이는 시편들이 도처에 나타난다. 연민적 시정은 그녀의 선천적 기질로서 이타심이나 여린 감수성이 강하게 작용하기 때문이다. 그래서 가난한 자, 소외당한 늙은이, 밑바닥 암울한 현실이며, 가련한 동식물, 사물에 이르기까지 생명적 치환의 상상으로 재치있고 유쾌하게 풀어낸다. 가령 노동자, 하층민이 북어로 환치되거나, 자벌레나 맷돌 같은

하찮은 대상이 인간으로 비유되거나 등 미시적인 것에서부터
우주라는 거시적 대상에 이르기까지 그 광폭의 정도가 넓다.

비릿한 피 냄새를 도마 위에 올려놓은 칼잡이는
먹이사슬 최상위 포식자

주검의 상태를 선별하고
주검들의 배합과 맛을 가늠하는 우아한 맹수다

산낙지와 꽃게 다리를 절단하며
바람과 눈, 비 탁본 새겨진 푸성귀를 삶아내고
부관참시하듯 아무렇지 않게 생선 내장을 꺼내는, 나는
세렝게티 초원의 암사자다

— 「키친 Death」 부분

시 「키친 Death」는 그녀의 연민적 생명의식이 작동되고 있
다. 서두에서 "주방은 장례식장"이라고 단언하고, 주부 화자에
대한 실존적 각성을 촉구하는 물음을 던지고 있는 것이다. 자
연이나 인간 모두 먹이사슬에 지배되는 약육강식의 현실사회
지만, 물아일체의 경외심 속에는 늘 생명주의적 감수성이 자리

한다. 시에 등장하는 자아각성체로서의 화자는 최상의 포식자로 "주검의 생태"를 선별하고 가늠하는 칼춤을 추는 망나니다. 그 키친이란 장례식장에서 산낙지며, 꽃게 다리, 푸성귀 등 온갖 세상 것들이 부관참시를 당한다. 곧 인간인 화자는 "세렝게티 초원의 암사자"라는 것, 바로 연민의 정을 드러낸 생명적 감수성의 발로인 것이다. 여기에서 그녀의 연민적 생명주의 가치관이 얼마나 중요한가를 암시한다. 마치 메를로 퐁티(M.ponty)의 몸의 현상학에서 볼 수 있는 "세계는 나의 신체(mon crops)의 연장물이다"라는 선험적 지각의 실존을 체험케 하고 있다는 것이다. 가을날 나뭇잎 하나가 떨어지기 위해서도 온 우주의 힘이 필요하다는 이야기처럼 그녀의 시편들 속에는 자연과 조화와 균형을 이루는 생명존중 의식이 짙게 깔려있다.

펄떡펄떡, 아가미를 들썩이던 생태生太가
북어로 변하기까지
바람은 얼마나 배가 불렀을까

다세대 주택 옥탑방
스스로 목에 밧줄을 꿰어
수년 동안 매달려있던 남자가 드디어 바닥으로 내려왔다

하이에나 떼 같은 적막이 남자의 살을 다 발라먹어

가벼워진 뼈가 밧줄을 통과했기 때문이다

보일러실 창문으로 들어온 바람이 남자를 핥아먹을 동안
유일하게 그의 안부를 살피던
밤과 낮이 다녀간 지 오년 째

―「풍장」부분

위의 시 「풍장」은 다세대 주택 옥탑방에서 목매어 자살한 남
자를 5년 만에 발견되었다는 안타까운 뉴스를 소재로 하고 있
다. 화자는 이를 풍장(風葬)으로 보고, "생태(生太)가/ 북어로 변
하기까지/ 바람은 얼마나 배가 불렀을까"라고 북어를 끌어들여
호소력 있게 시정을 전개한다. 특히 "하이에나 떼 같은 적막이
남자의 살을 다 발라먹어/ 가벼워진 뼈가 밧줄을 통과했기 때
문"이라는 시적 논리는 아주 정치(精緻)하고 호소력 있다. 풍장
은 시신을 지상에 노출시켜 풍화시키는 장례법이다. 예부터 늙
고 병든 사람을 지게에 지고 산에 가서 버렸다는 전설이 있고,
마마에 걸려 죽은 아이들을 짚으로 짜서 나무에 높이 매달아
두었다는 기록이 있다. 이밖에도 그녀의 시에서는 연민적 대상
으로 북어 이미지가 여럿 등장한다. 마치 쟈코메티의 조각품 나
상이 연상되는데, 그녀의 북어는 다름 아닌 우리네 실존을 투영
하는 객관적 상관물인 것이다.

바다, 그 꽃밭 위를 나는 갈매기가 거친 파도의 꽃을 따 먹듯
바람보다 빨리 속도의 냄새를 맡고 재빠르게 피하는 몸짓은
치열한 전쟁터를 누빈 자의 노련함이지

인생이 밑바닥이라고 함부로 말하지 말게

비록, 한쪽 발을 잃고 불가촉천민처럼 살아가지만
날마다 일용할 양식을 주심에 감사하며 머리 조아리는 내 모습
을 보게

도시의 구토를 처리하는 우리가 비대해진 것은
그대들의 평화가 풍요롭다는 뜻이 아니겠는가

— 「상이傷痍 비둘기」 부분

　시 「상이傷痍 비둘기」에서는 문명의 시대에 '상이 비둘기'로
상징된 장애우나 밑바닥 인생의 불가촉천민같이 억척스럽게 살
아가는 삶의 현장을 시화하고 있다. "한쪽 발을 잃고 불가촉천
민처럼" 살아가는 상처 입은 비둘기지만 치열한 삶을 살고 있
다는 화자가 된 비둘기. 그는 바로 우리들의 분신, 자화상이 아
니던가? 치열한 생존 속에서 정상과 비정상의 구별은 없는 것,
차이만이 존재할 뿐이다. 오히려 상처 난 비둘기가 정상의 비

둘기보다 더더욱 열심히 살아가는지도 모른다. 여기에서 "인생이 밑바닥이라고 함부로 말하지 말게"라는 당당한 기개에 주목할 필요가 있다.

또한 시 「고물고물」에서는 80대의 노인이 "과식한 리어카"를 끌고 가는 장면을 날카롭게 포착, 시화하고 있다. 노인의 등이 굽은 것은 "바람에게 덜 맞서려는 지혜"란다. 그리고 "성미 급한 신호등의 눈총을 받으며" 노인이 고물고물 건널목을 지나는 몸짓은 "잔고가 넉넉하지 않은 시간을 아끼려는 심사" 때문이라는 것이다. 가련하고 애처로운 삶을 오히려 유쾌한 생명적 시선으로 포착하려는 그녀의 날카로운 통찰의식을 본다. 이러한 시적 사유의 바탕에는 인간과 자연 세계가 물아일체로 교감하고 있으며, 만물이 상호의존, 친화적이라는 시적 세계관에서 기인한다. 곧 모든 생명을 하나로 보는 에콜로지(ecology)의 사고방식으로, 그녀의 현실포옹의 마음과 생명적 성찰의식과 무관치 않다.

부드럽게 돌아가지는 않았으나 사십 년 세월 콩도 낳고 팥도 낳을 동안 돌보다 빨리 낡은 것은 어처구니였다

계모의 학대에, 중학교 중퇴 후 집을 나와 자동차 정비소에 겨우 자리 잡은 거친 돌과
덜 여문 나무가 한 속이 되는 것

참, 어처구니없는 일이어서 그녀, 걸핏하면 몸에 멍이 들었다

근데 그보다 더 어처구니없는 일은 스무 살 나이에 생가지로 꺾여왔던, 남편보다 여덟 살이나 젊은 그녀가 먼저 부러졌다는 사실이다

어처구니가 빠진 자리
심장 한쪽에 바람이 들어오는 것 같다는 남자도 일 년 후 아내를 따라가 버렸는데

— 「맷돌」 부분

시 「맷돌」에는 불우한 환경에서 고생하며 자란 젊은 부부의 안타까운 사연이 녹아 있다. 시인은 그러한 사연을 맷돌의 속성에 비유하여 '어처구니없는' 소시민적 삶을 연민의 정으로 그려내고 있다. 곧 맷돌의 어처구니가 빠져 의미적으로 '어처구니가 없는' 기막힌 비극이 벌어졌다는 얘기다. 여기에서 맷돌의 '어처구니'는 아내로, '제 몸보다 무거운 맷돌'은 남편으로 각각 비유되고 있다. 그런데 젊은 아내는 어처구니없이 고생 끝에 죽어버렸고, 그 어처구니가 빠진 자리에서 남편도 뒤를 이어 따라갔다는 것이다. 이러한 비극적 가정사를 맷돌에 빗대어 "한 뼘 나무가 무거운 돌을 움직이는 일/ 참 어처구니없는 일이었

지"로 재치있게 의미화하고 있다.

이렇듯 전순복의 시편에서 연민의식의 이미지들은 비유적 상상에 의해 중층적이거나 구체적인 에피소드로 형상화하여 실감미를 안겨준다. 시 <벌레의 집은 아늑하지 못하다>에서는 추위를 피하기 위해 고깔 모양의 이엉에 기어드는 벌레와, 추위로 아파트 지하주차장에 내려간 노숙인의 비극적 죽음을 병치시켜 소외의식과 연민의식을 효과적으로 부각시킨다.

시 「편집되는 시간」에서도 소재 '드라이플라워'와 '영계'를 놓고 시간성의 관점에서 생명체의 소중함을 다루면서 그녀의 연민의식을 담아낸다. 제 수명을 다하지 못하고 거꾸로 매달려 미라가 된 꽃의 감정이나 그리고 30년 수명의 닭이 50일에 식용 닭으로 출하되는 살벌한 현실을 고발한다. 생명체들은 모두 소중한 것, 인간의 욕망으로 "편집되는 시간"에 의해 희생되는 존재들이 마냥 안쓰러웠던 것이리라. 인간의 축에서 아무렇지 않게 벌어지는 일이지만, 꽃이나 닭의 축에서 보면 얼마나 애통할 일인가.

바늘에 무명실을 꿴다
어머니 단단하게 감아둔 세월을 풀어낸다

타래에 실을 감을 때는 위아래로 감아야 단단하단다

풀려나오는 어머니 말씀

매듭 끊고 싶었던 날 수없이 많았지만
누군가 실패에 감아둔 내 팔자, 허투루 감지 않았을 터
끊어진 실마디 손바닥으로 살살 엮어 감듯

— 「무명실꾸리」 부분

시 「무명실꾸리」에서는 어머니의 혼을 발견한다. '실꾸리' 가
주는 모정의 가르침을 회상하며 자기 성찰의 순간을 갖는 것이
다. 그리하여 '단단하게 감아둔' 무명실꾸리를 통해 세월을 풀
어내고, 어머니 말씀과 지혜를 회억하며 그리움을 토로한다. 그
녀의 성찰의식은 사물을 꿰뚫어 보는 통찰에서 비롯된다. "끊
어진 실마디 손바닥으로 살살 엮어 감듯", '이음매 없는 삶은
그 어디에도 없다' 라는 깊은 통찰의 시선이다.
    사물 통찰을 통한 생의 성찰의식은 「실마리」에서도 드러난
다. 삶이란 '쌀 포대의 실밥' 을 풀어내는 것과 같은 것, 그래
서 "숨겨놓은 실마리"를 찾는 일이다. 허나 그 매듭의 실마리
가 그리 쉽게 찾아지는가? 그저 터득하지 못해 "가위로 잘라버
린 인연들이 많다"는 것 아닌가. 실꾸리나 쌀포대 등 다들 존재
하는 것들마다 정신적 의미를 갖는다. 시간성에서 본 시 「갑 티

슈」에서도 통찰의 깊이가 드러난다. '한 장을 꺼내면 오늘과 내일이 맞물려' "내 남은 생이 뽑혀 나오는 것 같다"는 것이다. 시 「양말」이나 「우산의 이별 방식」 등에서도 그녀의 섬세한 사물 통찰의 시적 사유가 발견되고 있다.

자기 성찰은 세계 내에 존재하는 대상에 대한 의미부여의 포옹과 관심, 사물 직관의 사유, 통찰의 시선을 가질 때 가능한 것이다. 나아가 성찰의 끝은 자기중심에서 벗어나 세계중심으로 확장하는 영적 포옹 능력이다. 전순복 시의 백미는 사물의 속성을 꿰뚫어 보는 치밀한 통찰력으로 깊은 성찰의식에 다다르는 시적 행보를 보여준다.

시와소금 시인선 132

지붕을 연주하다

ⓒ전순복, 2021, printed in Seoul, Korea

초판 1쇄 인쇄 2021년 08월 30일
초판 1쇄 발행 2021년 09월 06일

지은이 전순복
펴낸이 임세한
디자인 유재미 정지은
펴낸곳 시와소금
등록번호 제424호
등록일자 2014년 01월 28일
발행 강원도 춘천시 충혼길20번길 4, 1층 (우-24436)
편집 서울특별시 중구 퇴계로50길 43-7 (우-04618)
전화 (033)251-1195, 010-5211-1195
이메일 sisogum@hanmail.net
다음카페 hppt://cafe.daum.net/poemundertree

ISBN 979-11-6325-035-7 03810
값 10,000원

인천광역시 Incheon Metropolitan City IFAC 인천문화재단
· 이 시집은 인천광역시 인천문화재단 후원으로 발간되었습니다.